いきるっちゃん

博多《はかた》っ娘《こ》詩集《ししゅう》

うしじまひろこ

石風社

博多《はかた》っ娘詩集《こししゅう》『いきるっちゃん』◉もくじ

いきるっちゃん……あたしの一日《いちにち》

ちゃっちゃくちゃら……あたしの家族《かぞく》

おごらんどって……こころんなかはむずかしかぁ

＊絵《え》／のむらみき

いきるっちゃん

あたしの一日《いちにち》

ちきゅうのしぇん

しゅうじの　すみば
あしに　ぬって
ペタペタ　ペタペタ
あるいてみろう

すみは　なかなか　きえんけん
ちきゅうに　しぇんが
つくかいな?
せきどう　みたいに

つくかいな？

うちゅうしぇんから
くろいしぇん
みえたら　それは
あたしが　あるいた
あとやけん

＊しぇん＝せん（線、船）
きえんけん＝きえないから
あとやけん＝あとだから

すずめのす

すずめのす
すずめのす
ねぼうの　しるし
すずめのす

しらんもん
みえんもん
わからんもん

あたまの　うしろば
さわったら
チリチリ　チリリ
すずめのす

と

とば　けったと
とば　けって　こわしたと
こわれたとば　なおしたと
なおしたとば　みがいたと
みがいたとば　ノックしたと
ノックしたとば　あけたと
あけたとば　しめたと
と　しめたと？
と　しめたと

＊とば＝とを（戸を）

しきりきる

きっきる
きりきる
きききる
きがえきる
キックしきる
きちんとしきる
しっきる
しきる
しきりきる

＊しきる＝できる

きびっちゃる

ばあちゃんに
あかかゴムで
かみば　きびってもろうた
さかやの　おばちゃんが
「あいらしかねぇ」って

こんどは　あたしが
リカちゃんの　かみば

あかかゴムで
きびっちゃると

*きびっちゃる＝むすんであげる
あいらしか＝かわいらしい

じょおうさま

ポッポちゃんな　あいらしかとよ
けが　ふさふさしとうと
チンチラシルバーって　ゆうげな
あいちゃんが　おしょえてくれた

ばってんね
よしよししようとしたら
いやがると
だっこしようと　おもうて

てば　だしたら
かみつくっちゃん

おかあさんがね
ポッポちゃんのこと
「わがままじょおうさま」って
よびよった

ちがうばい
ポッポちゃんな
じょおうさまじゃなかばい

だって
うちの　じょおうさまは
おかあさんやもん

＊ゆうげな＝いうんだって
おしょえて＝おしえて
ばってん＝だけど
ちがうばい＝ちがうよ
じゃなかばい＝じゃないよ

おごられた

ガラスば　わって
おごられた
くらくなるまで　そうつきよって
おごられた
かきのみ　ちぎって
おごられた
よっちゃん　なかして
おごられた
てつだい　わすれて

おごられた

おごられんひは　なかなかなか

＊おごられた＝しかられた
そうつきよって＝あるきまわっていて
なかなかなか＝なかなかない

いきるっちゃん

うたうっちゃん
ルルルルルー
おどるっちゃん
ワン　ツー　スリー
とぶっちゃん
ピョン　ピヨコ　ピョン

はしるっちゃん
スタタタター

およぐっちゃん
パシャ　パシャ　シャ

もぐるっちゃん
ブググググー

よむっちゃん
フム　フム　フム

かくっちゃん
スラ　ラララー

つくるっちゃん
サク　サク　チョッキン

たべるっちゃん
パク　モグ　ゴックン

のむっちゃん
クピクピ　クピピ

いきるっちゃん

かぜのこえ

よーと　みみば　すましたら
かぜの　こえが　きこえてきた

たこう　てば　のばしたら
たいようが　あたしの　てば　あたためてくれた

じわーっと　あしば　かわに　つけたら
みずが　あたしの　あしば　つつんでくれた

すずめが　ないた
とのさまがえるが　いぼった
ありが　ふとか　にもつ　はこびよう

こやの　うしは　いつ　あるくと？
おりの　トラは　いつ　はしると？
おんしつの　トマトは
いつ　かぜの　こえば　きくと？

かぜと　たいようと　みずと
いっぱいの　しぜん
みんなの　こえば
おとなは　いつ　きくと？

＊いぼった＝ぬかるみにはまった

ちかちかぞこぞこ

セーター　ちかちか
せなか　ぞこぞこ
あめ　だちだち
どろぼう　けそけそ
えらかひと　けんけん
おにぎり　こんこん　おいしかね

＊だちだち＝ざーざー
けそけそ＝きょろきょろ
けんけん＝ずけずけ
こんこん＝たくわん

おつきさま

よる
おかあさんの　じてんしゃで
かえるとき
いっつも　おつきさまの
ついてくるっちゃん

なんべん　かどば　まがっても
なんべん　そらば　みても
おつきさまの　ついてくると

なして　おつきさまは
ついてくるとかいな？
なして　あたしば　ずっと
みようとかいな

これは　あたしと　おつきさまの
ひみつやけん
だれにも　ゆっとらんっちゃん

＊なして＝どうして
やけん＝だから

よる

べんきょうしよる
ほんば　よみよる
テレビば　みよる
はば　みがきよる
ねよる
なきよる
よる

＊〜しよる＝〜している

ちゃっちゃくちゃら

あたしの家族《かぞく》

ほうじょうや

チャンポン　チャンポン
おはじき　ピン

みせものごやから
にいちゃんが
なけべそかいて
にげてきた

「ねえ　ねえ　おかあさん

わたあめ　こうて」
「きょうは　いらんと
かわんでよかと」
「なして？　なして？」て　きいたらね
「ナーシもカーキもほうじょうや」

＊ほうじょうや＝放生会、九月十二日から一週間、筥崎宮でおこなわれる。博多三大祭りのひとつ。生きとし生きるもの、命をいつくしむお祭り。露店でにぎわう。
こうて＝かって（買って）
なして＝どうして

ちゃっちゃくちゃら

ばあちゃんの　ちゃんばら
ちゃっちゃくちゃら
じいちゃんの　ちゃりんこ
ちゃっちゃくちゃら
かあちゃんの　ちゃくメロ
ちゃっちゃくちゃら

とうちゃんの　ちゃぱつ
ちゃっちゃくちゃら
ねえちゃんの　ちゃくばらい
ちゃっちゃくちゃら
にいちゃんの　ちゃばしら
ちゃっちゃくちゃら

*ちゃっちゃくちゃら＝めちゃくちゃ

「と」かあさん

すらごと　ゆわんと
はらかかんと
いつまんでも　そうつかんと
おらばんと
いらんこと　ゆわんと
こなさんと
ふすまに　なんかからんと
しんぶんば　またごさんと

おかあさんな
「と」　かあさん

＊すらごと＝うそ
ゆわんと＝いわないの
はらかかんと＝おこらないの
そうつかんと＝あるきまわらないの
おらばんと＝さけばないの
こなさんと＝からかわないの
なんかからんと＝よりかからないの
またごさんと＝またがないの

「と?」かあさん

りんちゃんがたで　よばれたと?
しゅくだいしたと?
ほん　なおしたと?
いただきます　ゆうたと?
もう　たべんと?
おなかが　せくと?
あしたの　よういは　したと?
は　みがいたと?

おかあさんな
「と?」　かあさん

*よばれたと＝ごちそうになったの
なおしたと＝かたづけたの
せくど＝いたいの

おかあさんな　おつきさま

おかあさんな　まんまる
まんまるおつきさま

ばってん　ときどき　ちがうつきになる

きょうの　おひるごはんな
ハンバーガーって　ゆうたとに
きのうと　おんなじ
そうめんやった

じてんしゃ
こうちゃるって　ゆうたとに
やっぱり　にいちゃんの
おさがりやった

にちようび
デパート　つれていっちゃるって　ゆうたとに
やっぱり　きんじょの
スーパー　やった

うそつきやん
うそつきの　つきやん
まんまるおつきさまのほうが
よかぁ

＊おかあさんな、＝おかあさんは、
こうちゃる＝かってあげる

おかあさんのけが

おかあさんが　しごとばで
けがした
おかあさんが
いたか　いたか　いたか……

にいちゃんな　がっこうから
はしって　かえってきた
おかあさんの　しごとばの　ひとに
もんくば　ゆうた

にいちゃんな　えずか　かお　しとった
おかあさんと　にいちゃんと　さんにんで
ないた

つぎのひ
わろうた

＊いたか＝いたい
えずか＝こわい

にいちゃん

にいちゃんが　がっこうから
ひとりで　かえりよった
ともだちと　けんかしたとかいな?
すかんって　ゆわれたとかいな?

にいちゃんに　わからんごと
うしろから　ついていった

にいちゃんが　こうえんで

ノラちゃんと　あそびよったけん
おいついてしもうた
にいちゃんが　あたしのかおば　みて
ニカッて　わろうた
なんか　わからんばってん
なみだの　でてきた

＊すかん＝きらい
わからんばってん＝わからないけど

じいちゃん

あたしが　うまれるまえに
てんごくに　いった
じいちゃん

じいちゃんな
かたほうの　あしが
なかったげな
たんこうの　じこで
けがしたげな

じいちゃんと　あたしの　たんじょうび
おんなじひやん
だけん
じいちゃん
もういっかい　うまれて
あたしと　いっしょに　いきとうと

＊〜げな＝〜だって
だけん＝だから
いきとうと＝いきているの

ちゃんぽん

おいちゃんたちの
ちゃんぽんな
ビール
しょうちゅう
ウイスキー

おかあさんたちの
ちゃんぽんな
こうすい

ゆびわ
ネックレス
あたしたちの
ちゃんぽんな
ケーキ
アイスに
チョコレート

そげーん

おかあさん　ビール　グビグビ
あたし　サイダー　クピクピ
グビグビ　グビグビ
クピクピ　クピクピ
グビグビグビ
クピクピクピ
グビグビグビ
クピ……　ケプッ

おかあさん「もう　よかよ。

そげーん　のみよったら　しかぶるたい」
あたし「……」

おかあさん　ビール　グビグビグビ
グビグビグビ
グビグビグビ
グビグビ　グビグビ
グビグビ　グビグビ
グビグビ　グビグビ
グビ……　ゲプッ

あたし「もう　やめときい。
そげーん　のみよったら　ふとるたい」

＊そげーん＝そんなに
しかぶる＝おしっこをもらす

ばちかぶる

「なんまいだー
なんまいだー
なんまいだー
なんまいだー
……　チーン」

じいちゃんの　ほうじ

「なんかかる～

なめくじは～
なんかなし～
なんまいだ～
……　チーン」
「おきょうさんば　そげん　よみよったら
ばちかぶるばい」
ばあちゃんに　おごられた
チーン

＊ばちかぶる＝ばちがあたる
なんかかる＝よりかかる
なんかなし＝とにかく
そげん＝そんなふうに
おごられた＝しかられた

しろしかろう？

「きょうは　あめばい
しろしかねぇ」
「きょうは　あつかなぁ
しろしかぁ」
「てんじんな　ひとの　おおかこと
しろしさぁ」

「おてらさんさい　いくとい
こげん　にもつの　あるとばい
しろしかなぁ」

「ひろこちゃんな
こげん　まえがみの　のんでから
しろしかろう？」

「ばあちゃん　いっつも　しろしくて
しろしかろう？」

＊しろしい＝うっとうしい
おてらさんさい＝おてらさんへ
こげん＝こんなに
のんでから＝のびてしまって

おごらんどって

こころんなかはむずかしかぁ

すいとう

あたしは　しんちゃんば
すいとう
しんちゃんな　あいちゃんば
すいとう
あいちゃんな　あきらくんば
すいとう
あきらくんな　じゅんくんば
すいとう
じゅんくんな　あたしば

すいとうごたぁ
んー
しぇんしぇい
どげんしたらよかと？

＊すいとう＝すき
ごたぁ＝みたい
しぇんしぇい＝せんせい
どげんしたらよかと＝どうすればいいの

なんかなし

おとなは
「なんかなし
がっこうの　しぇんしぇいの　ゆうことば
きいとけば　よか」
「なんかなし
かんじば
おぼえとけば　よか」

「なんかなし
ぎゅうにゅうば
いっぱい　のんどけば　よか」
って　ゆうけど
なんかなし　って　なーん？

＊なんかなし＝とにかく
よか＝いい

すなお

すなおって
「はい」って　ゆうことと？
すなおって
まっすぐな　しぇんみたいなことと？
すなおって
よかこのことと？

「はい」って　ゆうこは
すなおで　よかこと？

「ばってん」って　ゆうたら
すなおじゃなかと？

「ばってん」って　ゆうこは
すなおじゃなくて
わるかこと？

ばってん
すなおに
「ばってん」って
ゆうことも
あると　おもうっちゃん

＊ことと？＝ことなの？
しぇん＝せん（線）
ばってん＝だけど

わるかひと

すみちゃんの　くつば
くつばこの　やねに
かくしました

きょうしつの　かびんば
わったとに
おちとったって　いいました

さんすうの　もんだいが

わからんで
おなかが　せくって
いいました

かんじの　しゅくだい　してないとに
もってくるとば
わすれたって　いいました

おかあさんの　さいふから
だまって　ひゃくえん
とりました

あたしは　わるかひとです

＊わるか＝わるい
くつば＝くつを
せく＝いたい

ないた

インコの　ピーちゃんが　しんで
ないた
おとうさんが　おらんで
ないた
はしかで　るすばんしとって
ないた
にいちゃんが　じこに　おうて
ないた
おかあさんが　かなしか　かおしとったけん

ないた
なきようじぶんのかおば
かがみで　みて
もっと　ないた

＊おらんで＝いなくて

どげんかある

はる
「なして　こげんも
ぬっかとかいな」
なつ
「なして　こげんも
あつかとかいな」
あき
「なして　こげんも

すーすーするとかいな」
ふゆ
「なして　こげんも
さむかとかいな」
おとなは　いっつも
どげんかある

＊どげんかある＝どうかある
なして＝どうして
こげんも＝こんなに
ぬっか＝あたたかい

しょんなか

しょんなか
なか　なか　なかたがい
しょんなか
なか　なか　なかやすみ
しょんなか
なか　なか　なかまわれ
しょんなか
なんとか　なかなおり
しょんなか
なるだけ　なかよしこよし

＊しょんなか＝しかたない

よか

よかたい
よかくさ
よかばい
よかけん
よかと？
よかと
よかとな？
よかげな
よかごたる
よかろうもん

＊よか＝いい

おごらんどって

おねがいやけん
おごらんどって
ジュースが　こぼれて
たまがっとうとに
もっと　たまがってしまうけん

おねがいやけん
おごらんどって
ジュースが　こぼれて

かなしかとに
もっと　かなしゅうなってしまうけん

おねがいやけん
おごらんどって
どげんしたら　よかか
わからんとに
もっと　わからんごとなってしまうけん

おねがいやけん
おごらんどって

＊おごらんどって＝しからないで
たまがっとう＝びっくりしている

どげんとき?

えーん　えーんって
どげんとき?
おかあさんに
ぎゅーって　してもらいたいときたい

もじ　もじ　もじって
どげんとき?
おかあさんに
きづいて　もらいたいときたい

プン　プン　プンって
どげんとき？
おかあさんに
わかって　もらいたいときたい

ピョン　ピョン　ピョンって
どげんとき？
おかあさんと
いっしょに　おるときたい

スキップ　スキップって
どげんとき？
おかあさんと
いっしょに　でかけるときたい

＊どげん＝どんな

かたらして

学《がっ》校《こう》よりともだちくさ

くらした

あきらくんば　くらした
あたしのことば　チビってゆうて
からこうたけん
くらした

かよちゃんが
「うてあわんどきい」って
ゆったばってん
ずーっと　しぇからしかったけん

ぐーで　くらした
おかあさんが
「あやまってきんしゃい」げな
すかーん

＊くらした＝なぐった
うてあわんどきい＝あいてにしないで
しぇからしかったけん＝うるさかったから
げな＝だって
すかーん＝いやだなあ

かたらして

「かたらして～」

「どげんする？」

「からたしてよ！」

「ばってん　にくじゅーするもん」

「せんけん」

「すらごつ……」

「せんけんって！」

＊かたらして＝なかまにいれて
にくじゅー＝いじわる
せんけん＝しないから
すらごつ＝うそ

はらかく

「はらかいとうと？」

「はら　かいてないよ」

「はらかいとうやろう？」

「……」

「はら　かいてないって」

「はらなんか　かゆくないって！」

「ほら　はらかいとうやん」

＊はらかく＝おこる、はらをたてる

くるけん

「いま　どこに　おると？」

「こうえん」

「そしたら　いまから　くるけん」

「ぼくが　いくの？」

「うんにゃ　あたしが　くるけん」

「ぼくが　いくの？」

「うんにゃ　あたしが　くると」

「……？」

のうなるかいな?

プールの　しぇんが　ぬけて
みずが　じぇんぶ　のうなったら
プールの　じかんな
のうなるかいな?
いたずら　カッパの　やってきて
プールの　しぇん
ぬけば　いいとに

てつぼうが

たいようの　ねつで
ふにゃふにゃふにゃに　なったら
てつぼうの　テスト
のうなるかいな？
むしめがね　つこうて
たいようパワーば
あつめてみろう

ゆきの　いっぱい　ふってから
おなかんとこまで　つもったら
マラソンたいかい
のうなるかいな？
ゆきおんなの　やってきて
まちじゅう
ピュー　ピュー

ふいたら　いいとに

＊しぇん＝せん（栓）
のうなる＝なくなる
いいとに＝いいのに

いきたむない

がっこうやら
いきたむない
ピアノのレッスン
いきたむない
えいかいわも
いきたむない
スイミングにも
いきたむない

いきたむない
いきたむない
いきたむない
いきたむない

……
……

そしたら　しらない　じいちゃん　やってきて
「よかまじないば　おしえちゃろう」

たむある　たむある
たむある　たむある
いきたむあ〜る
いきたむあ〜る
たむある　たむある

たむある　たむある
いきたむあ～る
いきたむあ～る

なんか　いきたむあるごと　なったごたぁ

＊いきたむない＝いきたくない
いきたむあるごと＝いきたいきもちに

あっぱらぱん

うちのご近所《きんじょ》さんたち

じぇーんぶ

だがしやさんの　スルメちゃん
だんごやさんと　クリーニングやさんの
すきまに　すんどう　スイッチくん
さかやさんの　クロキリくん
こうえんの　フクちゃん
フクちゃんな

にくみの　ふくだしぇんしぇいに　にとる
うえだいいんの　フリルちゃん
じぇーんぶ
あたしの　ネコやったら　いいとに

＊じぇーんぶ＝ぜんぶ
しぇんしぇい＝せんせい

なんに　なるとかいな?

ひよこは
にわとりに
なるげなよ
いややん　いややん
じぇーったい　いややん

おたまじゃくしは
かえるに
なるげなよ

ふーん　ふーん
おもしろかぁ

いもむしは
ちょうちょに
なるげなよ
よかね　よかね
とべたら　よかね

あたしは　なんに
なるとかいな？

＊なるげなよ＝なるんだって

うみのもん

おきゅうと
ぬるぬる
うみのもん
せおよぎしたら
うまかろう

めんたい
ぷちぷち
うみのもん

なみに　のるとは
うまかろう

たらわた
かちかち
うみのもん
うみに　うかぶと
うまかろう

＊おきゅうと＝海藻からつくった博多名物
たらわた＝たらの内臓と骨をほしたもの

あっぱらぱん

あっぱらぱんな　パンやさん
あっぱらぱんな　パンツに
パンチ

あっぱらぱんな　パンやさん
あっぱらぱんな　パンダと
パントマイム

あっぱらぱんな　パンやさん

あっぱらぱんな　パンジーと
パチンコ
あっぱらぱんな　パンやさん
あっぱらぱんな　まいにち

＊あっぱらぱん＝きにしない、むとんちゃく

ざっしょ

「そげん　しときまっしょ」
「それで　よござっしょ」

おいちゃんが
でんわで　はなしよった

ざっしょ？
おいちゃん　ざっしょに　いくとかいな？
でんしゃで

どっか　いくとかいな?
よかぁ

＊ざっしょ＝地名、雑餉隈《ざっしょのくま》の略称。西鉄電車の駅がある
そげん＝そんなふうに
よござっしょ＝いいでしょう

「となʔ」じいちゃん

どこ　いきようとな？
どがしこ　いるとな？
なんば　こうたとな？
なんば　ふとらかしようとな？
なんば　おらびようとな？
なんば　はらかいとうとな？
なして　いきたむないとな？
なんば　やりそこのうたとな？

となりの「とな?・」じいちゃん

＊とな?・＝かな?・
どがしこ＝どのくらい
こうた＝かった
ふとらかす＝そだてて人きくする
おらびよう＝さけんでいる
はらかいとう＝おこっている
なして＝どうして
いきたむない＝いきたくない

はかたムシ図鑑《ずかん》

（フクオカ目《もく》ハカタ科《か》）

よかムシ
なきごえ　よかよか　よかよか
こまったときは
よかろうもん　よかろうもん
となく

ばいムシ
なきごえ　ばい　ばい　ばい
さようならするときは

バイバイばい　バイバイばい
となく

とムシ
なきごえ　と？　と　と？　と
えいがかんでは
とっとーと？　とっとーと
となく

たいムシ
なきごえ　たいたい　たいたい
すきなくには　タイ
すきなさかなは　たい
すきなおかずは　めんたい

げなムシ
なきごえ　げなげな　げなげな
ときどき　じぶんを
カエルと　まちがえる

＊よかろうもん＝いいだろう
とっとーと＝とっているの

くさ

くさは
くさかって
ゆわれてくさ
くさくさ
したくさ

＊くさか＝くさい
したくさ＝したんだよ

はかたしりとり

はかた　たっぱいのよか　がめに　にくじゅー　ゆきうさぎ
きつか　かわばたぜんざい　いらんこと　どんたく　くろだ
ぶし　しょんなか　かわかみおとじろう　うんにゃ　やまか
さ　さっちが　からしめんたいこ　こそばいか　かってりご
し　しろうお　おきゅうと　とっとーと　とんびとんび　ひ
ろたこうき　ぎょうらしか　がっつりあう　うみのなかみち
ちんちろまい　いわいめでた　たけだてつや　やなぎばし
しぇからしか　かたらして　てれーと　どがしこ　こまつま
さお　おらぶ　ふとか　かえだま　まちっと　どげな　なか
がわ　わるそうぼうず　すいか　かやす　すらごと　どげん
して　でけた　だざいふてんまんぐう　うてあう　うったた

く　ぐらぐらこく　くろだじょすい　いきたむない　いごく
くろだながまさ　ザルガニ　にしてつでんしゃ　やおか　か
やす　すいい　いっつもかっつも　もつなべ　ベストでんき
きなみ　みずたき　キャナルシティはかた　たのき　きやす
い　いいたかこきのこきたかこき　きない　いっぽんじめ
めんべい　いいちらかす　すいとう　うだく　くしだじんじ
ゃ　やたい　いがく　くらす　すいきょうてんまんぐう　う
らめしか　かつがつ　つるのこ　ごっつぉう　うめがえもち
ちどりまんじゅう　うろん
ん〜　うまかっちゃん！

＊たっぱいのよか＝たいかくがいい、にくじゅー＝いじわる、さっちが＝かならず、かってりごし＝かわるがわる、とんびとんび＝とびとび、がっつりあう＝（ものごとが）かさなる、ちんちろまい＝てんてこまい、ぐらぐらこく＝はげしくおこる、ザルガニ＝ザリガニ、いいたかこきのこきたかこき＝いいたいほうだい、めんべい＝からしめんたいふうみのせんべい

たい

タイで　たいば　つったったたい
ふとかったったい
うまそうやったったい
たいが　ゆったったたい
「いたかったたい……」

あとがき

詩《し》のほとんどは、小《ちい》さな女《おんな》の子《こ》のつぶやきです。

おとなになった今《いま》でも、その女《おんな》の子《こ》は、わたしの中《なか》でいきています。


「ピョン　ピョコ　ピョン」

きょうも、女《おんな》の子《こ》は、とびまわります。

「ルルルルルー」

きょうも、女《おんな》の子《こ》は、うたいます。

いきとっちゃん。

いきるっちゃん。


うれしいこと、かなしいこと、なんだかよくわからないこと、まいにち、いろいろなことがあります。それでも、わたしたちは、いきています。

ときどき、じぶんのこころのこえを、よーくきいてみるといいよ。そして、それをかいてみるといいよ。
こころから、あふれてくるままに。じぶんのことばで。きちんとかけなくても、だいじょうぶ。じょうずにかけなくても、だいじょうぶ。あなたからあふれてくることばが、たいせつだから。
かいたら、いつかきかせてね。いつか。

はかたべんは、おもしろかったですか？　わたしは、はかたべんがだいすきです。福岡市《ふくおかし》博多区《はかたく》でうまれそだった母《はは》から、まいにち、きいてそだちました。でも、子《こ》どものころつかっていたことばを、今《いま》は、だんだんつかわなくなってきています。だいすきなことばが、つかわれなくなっていくことは、さびしいことです。だから、この本《ほん》は、はかたべんでかくことにしました。すこしでも、きょうみをもってもらえると、うれしいです。

この本を出版するにあたり、未熟な私を導いてくださった石風社中津千穂子さんに、感謝申し上げます。また、何度も書き直す機会をくださった代表福元満治さんにも、大変感謝しております。本当にありがとうございました。

うしじまひろこ

うしじまひろこ

1969年、福岡県生まれ。
石油会社勤務を経て、児童英会話講師、学習塾勤務など、
教育関係の仕事に就く。
絵本に『ゆうちゃんとアトピー』（絵・かんのみやさやか、
木星舎）がある。

博多《はかた》っ娘《こ》詩集　いきるっちゃん
2011年11月25日初版第1刷発行

著　者　うしじまひろこ
発行者　福　元　満　治
発行所　石　　風　　社
福岡市中央区渡辺通2丁目3番24号 5階　〒810-0004
電話 092（714）4838　ファクス 092（725）3440

印刷製本　シナノパブリッシングプレス